LA BALANÇOIRE

COMÉDIE EN UN ACTE, MÊLÉE DE COUPLETS

PAR

MM. DUMANOIR ET LAFARGUE

Représentée pour la première fois, à Paris, sur le théâtre du GYMNASE-DRAMATIQUE, le 2 août 1858.

PARIS
MICHEL LÉVY FRÈRES, LIBRAIRES-ÉDITEURS
RUE VIVIENNE, 2 BIS

1858

Distribution de la pièce.

COLOMBEL, banquier..............	M. LESUEUR.
EMMA, sa femme..................	Mlle MARQUET.
DESRIEUX........................	M. LUGUET.
HÉLÈNE, sa femme................	Mlle DELAPORTE.
LOUIS FERNEY....................	MM. LANDROL.
UN DOMESTIQUE	NUMA fils.

La scène se passe à Paris, chez Colombel, dans un hôtel de la rue de Courcelles.

S'adresser, pour la mise en scène exacte et détaillée, à M. HÉROLD, régisseur de la scène, et, pour la musique, à M. JUDIN, bibliothécaire copiste, au Gymnase.

LA BALANÇOIRE

Un salon au rez-de-chaussée. — Porte au fond, donnant sur un jardin, et portes aux angles, avec draperies dites portières. A droite, premier plan, cheminée; à gauche, guéridon.

—

SCÈNE PREMIÈRE.

EMMA, puis FERNEY.

EMMA, *seule, écrivant.*

« ... Nous avons passé hier la soirée aux Italiens : L'Alboni chantait et les toilettes étaient resplendissantes... (*Après avoir cherché.*) Nous assisterons ce soir à la dernière réunion de quinzaine de madame de Lormel... Je mettrai une robe bleue à deux jupes... » Quoi encore?.. ah!.. « Nous sommes allés hier à Chantilly... Les courses ont été très-émouvantes; trois jockeys sont tombés, et Fiorina, à M. Lupin, a gagné d'une demi-tête... » (*S'arrêtant.*) Deux pages remplies : je crois qu'en voilà assez... « A bientôt, chère Sophie, aime-moi comme je t'aime. »

« *Post-Scriptum.* Je n'ai pas entendu parler de M. Louis Ferney depuis quinze jours... Sais-tu ce qu'il est devenu? » (*Elle va fermer la lettre et s'arrête.*) Je suis folle!.. est-ce qu'on ne devinera pas sur-le-champ que toute la lettre est dans le post-scriptum?.. (*Elle la déchire.*) Mais comment savoir...

UN DOMESTIQUE, *annonçant.*

M. Louis Ferney.

EMMA, *à part, avec joie.*

Lui!.. ah! enfin!

FERNEY, *sans perdre de vue le domestique, qui est resté.*

Pardon, Madame, de passer par vos appartements pour me rendre dans les bureaux de votre mari, où une affaire m'appelle... mais, arrivé ce matin seulement à Paris, j'avais hâte de voir... M. Colombel... et j'espérais le trouver chez lui.

EMMA.

Je vous remercie... pour M. Colombel. (*Au domestique.*) Antoine, voyez donc si Monsieur est dans son cabinet. (*Le domestique sort par la droite.*)

FERNEY, se rapprochant.

Emma!

EMMA.

De la prudence, Monsieur!

FERNEY.

Emma!.. après quinze jours d'absence!..

EMMA, avec dépit.

Oui, Monsieur, après quinze jours, vous voilà enfin!.. mais vous allez sans doute m'expliquer les motifs de votre départ, de votre silence...

FERNEY.

Oh! oui... je vous dirai tout... vous allez tout savoir...

EMMA.

En ce moment?.. y songez-vous?.. ce domestique qui va revenir!..

FERNEY.

Eh bien!.. ici... à deux heures?

EMMA.

C'est impossible: je ne suis pas seule... Oui... une amie arrivée hier, qui est descendue chez moi avec son mari... Je vous expliquerai cela.

FERNEY.

En ce cas, à la même heure... tout près d'ici... dans les jardins de Monceaux?

EMMA.

Mais ce serait me compromettre... me perdre!..

FERNEY.

Vous refusez?.. (Le domestique paraît. — A part.) En ce cas, je reste.

LE DOMESTIQUE.

M. Colombel n'est pas dans les bureaux, mais le premier commis attend M. Ferney.

FERNEY, saluant.

Madame... (Le domestique introduit Ferney à droite. — Il sort à gauche.)

SCÈNE II.

EMMA, puis COLOMBEL.

EMMA, seule.

Oh! il m'a fallu bien du courage pour lui refuser ce rendez-vous!.. mais, maintenant que je sais qu'il est là, près de moi, cela suffit.

COLOMBEL, entrant mystérieusement par la porte du jardin; à part.

Je viens de hâter les préparatifs de la fête... Ma foi, si ma femme n'est pas surprise ce soir, cela me surprendra beaucoup... (Apercevant Emma.) C'est elle!..

EMMA.

Tiens, vous voilà, Monsieur!.. d'où venez-vous donc ainsi?

COLOMBEL.

D'où je viens, moi?.. (A part.) Hum! hum!.. (Haut.) Je viens du jardin... (Il prend furtivement une rose dans l'âtre de la cheminée.) Je viens de cueillir cette rose pour toi.

EMMA.

Oh! merci... (La regardant.) Mais elle est artificielle!

COLOMBEL, à part.

Ah diable!.. (Haut.) Comment! cet imbécile de jardinier s'amuse à cultiver des roses artificielles dans mon jardin!..

Air de *Téniers.*

Et moi qui, plein de confiance,
Les arrosais avec ardeur!

EMMA, souriant.

Vos sentiments sont, je le pense,
Plus naturels que cette fleur.

COLOMBEL.

Ah! j'en rougis!.. oui, plus j'y songe;
D'honneur, je fus trop effronté
D'oser présenter le mensonge
A qui m'offrit la vérité.

(A part.) Ceci est assez Dorat, pour un banquier.

EMMA.

Je vous sais gré de l'intention.

COLOMBEL.

Cette chère Emma!.. (Lui baisant la main.) Qu'on est heureux d'avoir une bonne petite femme comme ça!.. à soi!

EMMA, retirant sa main.

C'est bien... c'est bien.

COLOMBEL.

Voyons, chère enfant... avons-nous mieux dormi cette nuit que les précédentes?..

EMMA.

Beaucoup mieux.

COLOMBEL.

A la bonne heure!.. Sais-tu que ta santé commençait à m'inquiéter depuis... Tiens, depuis quinze jours.

EMMA.

Vraiment?

COLOMBEL.

Vraiment... Je me disais : Ma femme a toujours été heureuse, complétement heureuse dans son ménage... Or, si elle est triste... depuis quinze jours... c'est qu'elle est malade.

EMMA.

Quelle idée!

COLOMBEL.

Oh! je m'y connais... tu as eu un commencement de spleen... mais, du reste, un Anglais m'a assuré que le bonheur pouvait aussi produire cet effet-là.

EMMA.

Alors, tout est expliqué.

COLOMBEL.

Oui, cher ange, tout est expliqué... Car enfin, je me demande souvent : Existe-t-il dans le monde une femme plus heureuse que toi?.. non... Existe-t-il un mari plus... gentil que moi?.. non... Nous manque-t-il quelque chose pour être heureux?.. non. Nous sommes riches... nous avons loge à l'Opéra, aux Italiens, des chevaux pour nous y mener, des diamants et des dentelles pour y faire figure... C'est donc un bonheur complet... complet comme un omnibus, avec son président.

EMMA.

Vous avez raison : complet.

COLOMBEL.

Ça saute aux yeux de tous ceux qui nous voient... mais je voudrais en informer ceux qui ne nous voient pas... et il me prend quelquefois envie d'envoyer dans tout Paris une circulaire ainsi conçue : « M. Colombel, banquier, et madame Colombel, ont l'honneur de vous faire part de leur bonheur......»

EMMA, continuant.

« Et vous prient d'assister au spectacle de ce bonheur, en leur hôtel, rue de Courcelles, 33. »

COLOMBEL, riant avec elle.

Ou bien encore, je pourrais insérer dans la quatrième page des grands journaux : « On offre dix mille francs de récompense à la personne qui prouvera qu'il existe un ménage plus heureux que celui de monsieur et madame Colombel, rue de Courcelles, 33. »

EMMA, riant toujours.

« Écrire par la poste... affranchir... » Quelle folie!

COLOMBEL.

Tu as raison... je me ruinerais en frais d'annonces... Il s'offre, d'ailleurs, une occasion toute naturelle de faire un étalage... franco... de notre félicité conjugale.

EMMA.

Aux yeux de qui donc?

COLOMBEL.

Parbleu! aux yeux de ton amie Hélène Desrieux.

EMMA.

Allons!.. avant de lui parler de notre bonheur, vous me permettrez bien de lui demander des nouvelles du sien?.. Elle est arrivée si tard, hier au soir, que j'ai eu à peine le temps de l'embrasser... et de la questionner sur son mari... Vous comprenez que, quand on s'est quitté demoiselles et qu'on se retrouve femmes, on a une foule de choses à se dire.

COLOMBEL, naïvement.

Quelles choses?.. (Tout à coup.) Ah! oui... je sais... Eh bien! ces choses-là te ramèneront naturellement sur le sujet en question... Dis donc, Emma, tâche de savoir s'ils sont aussi heureux que nous... J'en doute... je n'ai pas une haute opinion du bonheur de ce ménage-là.

EMMA.

Pourquoi cela?

COLOMBEL.

Oh! c'est une idée qui m'est venue... comme il m'en vient si souvent.

EMMA, regardant la pendule.

Onze heures!.. et ils n'ont pas encore paru!

COLOMBEL.

Voilà, sans reproche, quatorze heures qu'ils dorment... A Avranches, je le comprendrais... on n'a que ça à faire en province... mais à Paris!..

EMMA.

Taisez-vous, les voici. (Ils entrent par la gauche.)

SCÈNE III.

LES MÊMES, DESRIEUX, HÉLÈNE.

HÉLÈNE.

Bonjour, Emma... (Saluant Colombel.) Monsieur... Vous le voyez, nous subissons déjà l'influence de Paris... onze heures! (A Emma.) Je ne désespère pas de devenir aussi paresseuse que toi *.

DESRIEUX.

Ma femme ne vous dit pas que le plaisir de se sentir dormir, pour la première fois, à Paris, l'a empêchée de fermer l'œil de la nuit.

HÉLÈNE.

C'est vrai... (A Emma.) J'étais si heureuse de me savoir près de toi!

EMMA.

Chère Hélène!

COLOMBEL, à Hélène.

Ma foi, Madame, je vous livre ma femme; mais je m'empare de votre mari... Oh! rassurez-vous, j'en réponds.

HÉLÈNE.

Allez à vos affaires, à vos plaisirs même, on vous le permet.

COLOMBEL.

Oh! pour moi, Madame, mes affaires et mes plaisirs, c'est tout un... Je ne connais pas de plus agréable divertissement que d'aller à la Bourse... On cause, on apprend des nouvelles, on en

* Desrieux, Colombel, Hélène, Emma.

fait au besoin, on les escompte et ça rapporte... (A Desrieux.) Vous verrez... car vous y viendrez avec moi, n'est-ce pas?

DESRIEUX.

Je suis à vos ordres... Je ne suis pas fâché de faire connaissance avec ce croquemitaine des gens de province, qu'on appelle la Bourse de Paris.

HÉLÈNE.

A la condition, mon ami, que tu ne te laisseras pas entraîner.

DESRIEUX.

Oh! n'aie pas peur... j'ai la tête plus solide que toi.

HÉLÈNE, piquée.

Par exemple!.. C'est-à-dire que j'ai la tête faible.

DESRIEUX, souriant.

Trop faible, du moins, pour l'usage que tu en veux faire. (Aux autres.) Il est bon de vous dire qu'à toutes ses charmantes qualités, ma femme joint un petit travers...

HÉLÈNE.

Ah! voyons mes travers.

DESRIEUX.

Je dis un... et un petit... (A Colombel et Emma.) C'est une admiration toute faite, un enthousiasme irréfléchi pour tout ce qui sort du cercle ordinaire de la vie... pour tout ce qui paraît s'élever au-dessus du niveau commun... fût-ce un ballon!... Eh! tiens! te rappelles-tu tes exclamations... (Riant.) tes palpitations de cœur, au récit de l'ascension de je ne sais quel M. Godard, accompagné de tout un orchestre?

HÉLÈNE.

Eh bien!.. que vois-tu là de si ridicule? (S'animant.) Ne trouvez-vous pas beau, sublime, de planer dans l'air... de se sentir emporté par le vent, par la tempête!..

DESRIEUX.

Vous voyez! vous voyez!

COLOMBEL.

C'est très-beau... quand on ne s'accroche pas aux cheminées. (Il remonte.)

DESRIEUX, riant.

Et la balançoire?..

COLOMBEL, revenant.

Ah! ah!

EMMA *.

Quoi donc, Hélène?

HÉLÈNE.

C'est ce que j'allais lui demander... quoi donc?.. Je voyais chaque jour des jeunes filles s'élancer sur cette balançoire...

* Desrieux, Hélène, Emma, Colombel.

c'étaient des rires, des cris, une sorte d'enivrement... un bonheur que j'ignorais enfin... Ah ! je n'y tins pas !..

DESRIEUX, riant.

Et, une fois lancée sur l'escarpolette, voilà ma femme qui saisit convulsivement les cordes, qui crie : Assez ! assez ! la tête me tourne... le cœur me manque !.. » et qui tombe dans mes bras, plus morte que vive !.. Hein ! si ça avait été le ballon !.. Tu serais allée tomber dans des latitudes où je n'aurais pas pu te recevoir... Voilà comme quoi l'imagination nous entraîne trop haut, et peut nous mener trop loin.

HÉLÈNE.

Va... moque-toi de moi... J'aurais bien voulu t'y voir.

DESRIEUX.

Oh ! moi, je ne m'expose qu'à des dangers connus... Allons à la Bourse... Et toi, Hélène, tranquillise-toi, je n'y perdrai qu'un franc : celui que je laisserai au tourniquet... Adieu... (Il l'embrasse.)

COLOMBEL, vivement.

J'embrasse aussi ma femme, moi !.. J'embrasse aussi !.. (A Emma.) Tiens ! tiens !.. Ça ne se fait plus à Paris ; mais nous sommes si heureux !..

ENSEMBLE.

TOUS.

Air de M. Couder.

Partons / Partez pour ce lieu redoutable,
Véritable enfer parisien.
Adieu donc, et ce soir, à table,
Nous reprendrons cet entretien.

COLOMBEL, à sa femme. *.

Ne cache rien à ton amie,
Et, pour être enviés par eux,
Dis-lui surtout, je t'en supplie,
quel point nous sommes heureux !..

REPRISE DE L'ENSEMBLE.

(Colombel et Desrieux sortent.)

SCÈNE IV.

HÉLÈNE, EMMA.

EMMA.

Enfin, nous voilà seules, et nous pouvons causer tout à notre aise... Eh bien ! mais... ton mari me paraît un homme charmant...

* Desrieux, Hélène, Colombel, Emma.

HÉLÈNE, d'un ton d'indifférence.

Oui... c'est le plus parfait des hommes.

EMMA.

Jeune encore, il a tout ce qu'il faut pour plaire, pour être aimé.

HÉLÈNE, de même.

Oui... aussi, nous nous aimons bien.

EMMA.

Es-tu heureuse en ménage?

HÉLÈNE, de même.

Oh! oui... bien heureuse.

EMMA.

Comme tu me dis cela!.. Est-ce que, par hasard... Oui... je devine... il t'aime trop, il est jaloux.

HÉLÈNE.

Lui! jaloux!.. et de qui?.. Nous vivons dans un château... au milieu des bois... dans les environs d'Avranches... Nous ne voyons personne... nous jouissons d'un calme qui n'est jamais troublé par le moindre événement... notre vie s'écoule tranquillement, paisiblement, comme le ruisseau qui borde notre prairie... Quand mon mari part pour la chasse, sa seule distraction, j'ai du chagrin... quand il revient, je suis contente... pendant le jour, je veille à mon ménage... le soir, assise près de lui, devant ma table à ouvrage, je l'écoute en travaillant, et les heures passent toujours trop vite... (Soupirant.) Mais le bonheur de la veille est toujours celui du lendemain... Oui, c'est toujours la même chose.

EMMA.

Mais, Hélène, c'est le tableau du véritable bonheur que tu viens de me faire là.

HÉLÈNE, s'animant.

Oh! non!.. n'essaye pas de me tromper, ce n'est pas là la vie!.. (Confidentiellement.) Dans ma solitude... quand il n'est pas là... j'ai cherché à me créer des ressources contre l'ennui...

EMMA.

Comment?..

HÉLÈNE, d'un air capable.

J'ai lu.

EMMA.

Et quoi?

HÉLÈNE.

Des romans, des feuilletons, des drames... et j'ai comparé ma vie à la vie réelle.

EMMA, riant.

La vie réelle, dans les romans et les feuilletons?

HÉLÈNE.

Oh! je sais ce que tu vas me dire... mensonges, fictions que tout cela... Je le croyais aussi... Mais ces fictions, si je les ai retrouvées dans le récit de ce qui se passe chaque jour!.. dans ces drames de famille!..

EMMA, l'interrompant.

Ton mari reçoit la *Gazette des Tribunaux*.

HÉLÈNE.

Oui... Eh bien? est-ce du roman, cela?.. Aussi, quand j'ai vu se dérouler devant moi ces drames vivants, où s'agitent toutes les passions de l'âme, et que j'ai comparé cette vie palpitante au calme plat de mon existence... oh! alors, j'ai compris que, pour aimer et souffrir comme cela, il me manquait quelque chose... j'ai compris que... j'étais une femme sans cœur.

EMMA.

Folle que tu es!

HÉLÈNE.

Oh! non... on ne devient folle que lorsqu'on sent trop vivement... et moi, je n'éprouve rien, je ne sens rien... Je ne serai jamais qu'une bonne femme de ménage... voilà tout.

EMMA.

Ainsi, tu voudrais vivre de cette vie de tourments et d'espérances... de joies et de douleurs?

HÉLÈNE.

Oh! oui!.. ne fût-ce qu'un jour... qu'une heure!.. pour sentir battre mon cœur, circuler mon sang!

EMMA, souriant.

Tu voudrais enfin essayer de cela, comme tu as essayé de la balançoire?

HÉLÈNE.

Oui... mais, cette fois, je crois que je serais plus forte devant le danger.

EMMA, lui serrant la main.

Oh! ma pauvre Hélène, c'est qu'une fois engagée dans les aventures, les intrigues, on ne s'arrête pas quand on veut.

HÉLÈNE, la regardant.

Ah!.. Tu en sais donc quelque chose, toi?

EMMA.

Moi?.. non... mais je pourrais te citer l'exemple d'une amie... une pauvre jeune fille... une enfant de seize ans... qui, au début de la vie, a été lancée dans ce tourbillon de tes rêves.

HÉLÈNE.

Oh! laisse-moi m'asseoir dans ce fauteuil pour t'écouter!.. pour te voir!.. pour suivre tous tes mouvements, comme si j'assistais à la représentation d'un beau drame!

EMMA.

Eh bien! écoute... Cette jeune fille avait à peine quitté sa pension pour rentrer dans la maison paternelle, où elle vivait heureuse et insouciante, ne rêvant de parures que pour le seul plaisir d'aller au bal, et de bal que pour le seul plaisir d'y danser... lorsque son frère introduisit dans la maison un de ses amis...

Six mois après, cet ami et la jeune fille se juraient un amour éternel.

HÉLÈNE.

Eh bien! après?.. ils se sont mariés et ont eu beaucoup d'enfants?.. Beau roman, ma foi!..

EMMA.

Non, Hélène, ils ne se sont pas mariés.

HÉLÈNE.

Ah! à la bonne heure!..

EMMA.

On fit épouser à la jeune fille un homme qu'elle n'aimait pas.

HÉLÈNE.

C'est bien mieux comme cela... Le drame va commencer, n'est-ce pas?

EMMA.

Dès ce moment, elle aurait dû cesser de voir ce jeune homme... Elle le voulait... mais elle le rencontrait partout... elle ne pouvait jeter un regard dans la rue, sans l'apercevoir sous ses fenêtres... par le froid, par la pluie... il était là, toujours là.

HÉLÈNE, avec admiration.

Par le froid et la pluie!.. voilà!.. Je n'ai jamais vu mon mari sous mes fenêtres, quand il pleuvait... ou bien, il avait un parapluie.

EMMA.

A la promenade, il était toujours sur ses pas... au bal, il était encore là... ses yeux fixés sur elle... épiant l'occasion de lui dire un mot, ou de lui serrer la main au milieu d'une contredanse.

HÉLÈNE.

Oh! le cœur de cette femme devait battre d'amour et de reconnaissance!

EMMA.

Oh! oui... parfois elle était bien heureuse!.. Mais le jeune homme ne s'en tint pas là.

HÉLÈNE.

Ah!

EMMA.

Il écrivit à la jeune femme... oh! il lui écrivit bien souvent, pour lui demander un rendez-vous, qu'elle n'accorda jamais... Enfin, un jour, lassé, désespéré, il osa s'introduire chez elle...

HÉLÈNE.

Au risque d'être surpris par le mari?.. C'est superbe!..

EMMA.

Oui... le mari... qui rentra, en effet, plus tôt qu'on ne l'attendait.

HÉLÈNE.

Tiens! sens comme le cœur me bat!

EMMA.

La pauvre jeune femme, éperdue, égarée, n'eut que le temps

de cacher le jeune homme dans un cabinet... mais, dans sa précipitation, dans son trouble, en poussant la porte trop vivement, elle la ferma sur sa main et lui brisa les doigts.

HÉLÈNE.

Oh! c'est horrible! (Elles se lèvent.)

EMMA.

Il ne poussa pas un cri, pas une plainte, pour ne pas compromettre celle qu'il aimait.

HÉLÈNE.

C'est sublime!.. Que veux-tu que je te dise?.. c'est tout bonnement sublime!

EMMA.

Seulement, quand le danger fut passé et que la jeune femme alla lui prendre la main, pour le remercier, il répondit par un cri de douleur à son étreinte... et, en s'apercevant que son gant était ensanglanté, la jeune femme tomba évanouie.

HÉLÈNE.

Oh! si ç'avait été moi!..

EMMA.

Depuis ce jour, ma chère Hélène, cette pauvre femme paie un bonheur... douteux, de soucis continuels... S'il s'absente un jour, une heure, elle se demande : Où est-il?.. que fait-il?.. S'il parle à une autre femme, elle est jalouse... elle souffre...

HÉLÈNE.

Oui... mais ce doit être bon de souffrir comme cela!

EMMA.

Enfin, aujourd'hui, elle est peut-être menacée de le perdre... Sa qualité d'attaché d'ambassade à la cour de Vienne l'obligeait à partir...

HÉLÈNE.

Ah! pauvre dame!.. placez donc votre cœur dans les chancelleries!

EMMA.

Eh bien!.. pour le retenir à Paris... elle n'a pas craint de faire faire des démarches par... par son mari lui-même.

HÉLÈNE.

Par son mari?

EMMA, vivement.

Chut!.. silence!.. voici M. Colombel.

SCÈNE V.

LES MÊMES, COLOMBEL *.

COLOMBEL, à Hélène.

Désolé d'interrompre une conversation qui promettait d'être intéressante, si ma femme vous a parlé du bonheur que...

* Hélène, Colombel, Emma.

EMMA, l'interrompant.

C'est bien... c'est bien.

COLOMBEL, à Emma.

Mais j'ai quitté la Bourse pour t'apprendre une bonne nouvelle !

EMMA.

La hausse des fonds?

COLOMBEL.

D'abord... et puis, M. Louis Ferney ne partira pas pour Vienne... j'ai obtenu pour lui, du ministre des affaires étrangères, un nouveau congé de six mois.

HÉLÈNE, à part.

C'était elle !

COLOMBEL.

Ce congé, je l'ai là. (Il montre son portefeuille.) Un diplomate de mes amis vient de me le remettre à la Bourse.

EMMA, froidement.

J'en suis enchantée pour M. Ferney.

COLOMBEL.

Enchantée?.. c'est possible... mais il n'y paraît pas... Quant à moi, je suis ravi... Quand ce garçon n'est pas là, il me semble qu'il me manque quelque chose *.

EMMA, bas à Hélène.

Pas un mot!.. tu connais mon secret maintenant ! (Elle va s'asseoir près de la cheminée.)

HÉLÈNE, à part.

Eh bien! me voilà lancée dans une intrigue, sans le vouloir!.. Heureusement ce n'est pas pour mon compte. (Haut à Colombel.) Et mon mari, qu'en avez-vous fait**?

COLOMBEL.

Madame, je l'ai laissé aux prises avec mon diplomate, qui racontait une foule de nouvelles plus absurdes les unes que les autres.

HÉLÈNE.

Dont on riait?..

COLOMBEL.

Madame, les capitaux ne rient jamais.

Air : *De sommeiller encor, ma chère.*

Chez nous, la Bourse est très-peureuse,
L'argent, en France, est très-poltron ;
La rente, sensible et nerveuse,
Pour un rien tombe en pâmoison.
Qu'en Perse, en Chine, un prince naisse,
Le trois pour cent en éprouve le choc,
Et je ne veux, pour faire un franc de baisse
Qu'un rhume du roi de Maroc !

* Hélène, Emma, Colombel.
** Hélène , Colombel, Emma.

Ah ! c'est un curieux et beau spectacle que la Bourse de Paris !.. J'ai gagné dix mille francs aujourd'hui !

HÉLÈNE.

J'espère que mon mari n'a pas suivi votre exemple.

COLOMBEL.

Non, il n'a pas gagné dix mille francs... J'ai voulu lui faire faire une petite opération... mais vous avez un mari incorruptible, Madame... Ah! j'oubliais... il m'a chargé de vous dire qu'il allait venir vous prendre pour faire quelques visites.

HÉLÈNE.

En ce cas, il faut que je me tienne prête, pour ne pas le faire attendre.

COLOMBEL.

Excellents principes, Madame!.. C'est comme Emma... elle est d'une exactitude !.. Il est vrai que nous ne sortons presque jamais ensemble... (A Emma, qui s'est assise.) Ah çà!.. mais qu'as-tu donc ?.. Est-ce que tu souffres?

EMMA, qui se lève et s'approche d'Hélène.

Oui, j'ai une migraine affreuse *.

COLOMBEL.

Pauvre chatte!.. (A Hélène.) Vous n'avez pas la migarine, vous, Madame?

HÉLÈNE.

Oh ! Monsieur, en province!..

COLOMBEL.

C'est juste... Ma femme y est très-sujette... depuis quinze jours.

HÉLÈNE.

Ce ne sera rien... N'est-ce pas, Emma?

COLOMBEL, à Emma.

Il faut aller prendre l'air... cela te fera du bien d'abord... cela te distraira... et puis... (A part.) Cela me facilitera les moyens de préparer ma fête. (Haut.) Tiens! une idée... C'est étonnant comme elles me viennent!.. Si tu allais faire un tour de promenade au jardin Monceaux?

EMMA, troublée.

Seule?

COLOMBEL.

C'est à deux pas d'ici... et puis, tu y rencontreras bien quelqu'un. (Il lui donne son châle, puis son chapeau.)

EMMA, à part.

Se douterait-il?..

COLOMBEL.

Allons, va, ma bonne, va... cela te fera du bien.

HÉLÈNE.

Je suis désolée de ne pouvoir t'accompagner... mais, si tu veux...

* Hélène, Emma, Colombel.

EMMA.

Merci... j'irai... j'irai seule. (A part, mettant son chapeau et son châle.) Maintenant qu'Hélène sait tout, il faut que je le voie, pour lui défendre de venir ici pendant son séjour ! (Emma sort au fond, et Hélène à gauche.)

HÉLÈNE.

Et moi, je vais faire ma toilette.

COLOMBEL, à Emma.

Adieu, ma petite femme... prends garde à l'humidité !

SCÈNE VI.

COLOMBEL, seul.

Bravo !.. Enfin, je suis seul !.. Voilà une migraine venue à propos !.. Moi, qui ai ordinairement une foule d'idées, je n'en trouvais pas une pour me débarrasser de ma femme... Antoine ne revient pas !.. Il est sans doute encore dans le pavillon du jardin... Je jouis d'avance de la surprise d'Emma, lorsque ce soir, au moment du dessert, ils entendront une détonation... à faire crever de jalousie le Cirque-Olympique... et qu'au milieu d'une gerbe de feu, on verra mon chiffre et celui d'Emma entrelacés : E.-C., Emma-Colombel !.. Tableau de mon invention, mise en scène de M. Ruggieri.—Quoi ! qu'est-ce que cela? s'écriera-t-on... et moi, en me rengorgeant, je dirai : C'est pour fêter l'anniversaire de notre mariage... Pif !.. paf !.. Changement... Le feu d'artifice représente un amour : c'est moi, tenant un cœur enflammé ; c'est le mien, avec cette devise : *Toujours !*

Air : *le Luth galant.*

Toujours !.. au temps de nos jeunes amours,
Toujours, toujours terminait mes discours...
On me blâmait alors, c'était avec justice :
C'est un mot imprudent qu'il faut qu'on abolisse.
C'est vrai... mais, quand l'amour tourne au feu d'artifice,
On peut dire : Toujours !

Oui, mais Antoine ne revient pas !

LE DOMESTIQUE, dans la coulisse.

Au secours !.. fermez la porte cochère !

COLOMBEL.

Hein ! qu'est-ce que c'est ?

SCÈNE VII.

LE DOMESTIQUE, COLOMBEL.

LE DOMESTIQUE, entrant.

Au voleur ! au voleur !

COLOMBEL.

Quoi ? quoi donc ? Qu'y a-t-il ?

LE DOMESTIQUE.

Ah ! Monsieur... les jambes me manquent !.. Je sens que je m'affaisse !.. Au voleur !

COLOMBEL, lui mettant la main sur la bouche et le faisant asseoir près du guéridon.

Veux-tu bien de taire !.. et parler ?

LE DOMESTIQUE.

Ah ! Monsieur, qu'elle aventure !.. J'allais entrer dans le pavillon pour le feu d'artifice... lorsque, en ouvrant la porte, j'ai senti une résistance intérieure, qui ne m'a pas paru naturelle... quelque chose ou quelqu'un tenait le pêne de la serrure.

COLOMBEL.

Bah ?

LE DOMESTIQUE.

Comme le quelque chose ne pouvait être que le feu d'artifice que nous y avons caché, et que je ne le suppose pas assez malin pour ça, il m'est venu tout de suite à l'idée que c'était quelqu'un.

COLOMBEL.

Eh bien, alors ?

LE DOMESTIQUE.

Alors, j'ai tiré la porte de toutes mes forces... mais l'autre la tirait aussi de son côté... (Il se lève en reproduisant les mouvements qu'il indique.) Finalement... j'ai réussi à l'entre-bâiller... et j'ai vu... Ah !.. Monsieur, j'en ai encore la chair de poule !

COLOMBEL.

En finiras-tu ?... Qu'as-tu vu ?

LE DOMESTIQUE.

Un homme de huit pieds trente centimètres... avec une grande barbe blanche !

COLOMBEL.

Blanche ?

LE DOMESTIQUE.

Ou noire, je ne sais pas.

COLOMBEL.

Imbécile !

LE DOMESTIQUE.

Oh ! alors, Monsieur, je ne me suis pas entêté avec lui... j'ai lâché la porte tout d'un coup... Au même instant, j'ai entendu un grand bruit... il était tombé à la renverse... J'ai profité de sa catastrophe pour fermer la porte à double tour, et me voilà... S'il veut se sauver maintenant, il faudra qu'il saute par la fenêtre.

COLOMBEL, regardant dans le jardin.

C'est effectivement ce qu'il fait... (A part.) Eh mais, je ne me trompe pas !... c'est... c'est Ferney ! (Haut, appelant.) Pstt !.. Monsieur !... par ici, s'il vous plaît !..

LE DOMESTIQUE.

Comment! vous l'appelez!..

COLOMBEL.

C'est bien, laisse-nous... (A part.) Qu'est-ce que cela veut dire?

LE DOMESTIQUE, en sortant par la gauche, à part.

Eh bien! en voilà du toupet!... moi, qui avais toujours cru que monsieur était le plus grand capon de la terre!

SCÈNE VIII.

FERNEY, COLOMBEL.

COLOMBEL, à la cantonnade.

Par ici donc, Monsieur, s'il vous plaît! (Ferney entre.) Ah çà, m'expliquerez-vous, mon jeune ami, ce que tout cela signifie?

FERNEY, à part.

Je suis pris!.. (Haut, avec assurance.) Quoi donc?

COLOMBEL.

Vous êtes charmant, le diable m'emporte!.. On vous trouve caché... on vous surprend... vous vous barricadez... vous cherchez à vous sauver par la fenêtre... et, lorsque je vous demande ce que cela signifie, vous me répondez d'un petit ton dégagé : Quoi donc?

FERNEY.

Ma conduite est cependant bien simple... (A part.) Que diable vais-je lui dire?

COLOMBEL.

Alors, expliquez-vous simplement.

FERNEY.

Je me cachais, pour ne pas être vu... je me barricadais, pour ne pas être surpris... et je me sauvais par la fenêtre, parce qu'on avait fermé la porte.

COLOMBEL.

Ah! vous appelez cela une explication?.. Alors, pourquoi vous cachiez-vous?.. Pourquoi craigniez-vous d'être surpris?.. Pourquoi vous sauviez-vous?

FERNEY, à part.

Bah! de l'audace! (Haut.) Eh bien, Monsieur, puisque vous tenez absolument à le savoir... parce que j'avais un rendez-vous ici... avec une femme.

COLOMBEL.

Hein!.. avec une femme!.. Mais il n'y en a ici que trois... Emma, qui est à l'abri du soupçon, comme la femme de César... sa fille de chambre, qui a cinquante-trois ans... et la concierge, qui ne compte plus!... (Se frappant le front.) Oh!... Est-ce que serait...

FERNEY, sans comprendre.

Oui.

COLOMBEL, à part.

Hélène, arrivée d'hier!..

FERNEY.

Êtes-vous satisfait de l'explication?

COLOMBEL.

J'aime votre franchise... mais un aveu complet peut seul racheter votre faute... Cette femme, c'est...

FERNEY.

Cette femme, dont je ne veux pas prononcer le nom... (A part.) que j'ignore complétement...

COLOMBEL.

Comment! jeune homme, vous avez osé... à la barbe du mari!..

FERNEY.

Oh! le mari... qu'il se défende, c'est son affaire... la mienne, c'est d'attaquer.

COLOMBEL.

Et vous venez me dire cela... à moi... son collègue!..

FERNEY.

Vous, c'est bien différent.

COLOMBEL.

Je le sais bien; mais il n'en est pas moins vrai que, par confraternité, par esprit de corps, je devrais être furieux.

FERNEY.

J'en serais désolé... mais je braverais tout... même votre fureur... Quand j'aime bien...

COLOMBEL.

Quand vous aimez bien, c'est possible... mais, que diable!.. en vingt-quatre heures, on n'a pas le temps d'aimer bien.

FERNEY, à part.

Il a raison, c'est invraisemblable. (Haut.) En vingt-quatre heures, dites-vous?

COLOMBEL.

Sans doute, puisque l'amie de ma femme est arrivée hier.

FERNEY.

Mais vous ne comprenez donc rien?.. Mais vous n'avez donc pas deviné que ce voyage que je viens de faire...

COLOMBEL, vivement.

Il se pourrait?

FERNEY.

Il se peut.

COLOMBEL.

Vous viendriez d'Avranches?

FERNEY.

Je viens d'Avranches.

COLOMBEL.

C'est-à-dire, des environs?

FERNEY.

C'est-à-dire, des environs.

COLOMBEL.

Dans un château ?

FERNEY.

Dans un château.

COLOMBEL.

Au milieu des bois ?

FERNEY.

Juste, au milieu des bois !

COLOMBEL.

Air : *Je suis Français ; mon pays avant tout.*

Ah ! c'est certain ! le fait est véridique !..
Et l'on prétend, en parlant des maris,
Que leur malheur est un mal endémique
Qui tient surtout au climat de Paris !..
Oui, l'on s'en prend au climat de Paris !
Le malheureux ! pour défendre sa tête,
Au fond des bois en vain il s'est sauvé :
L'épidémie a gagné sa retraite,
Et les forêts ne l'ont pas préservé !
Même en province, au fond d'une retraite,
Par les forêts on n'est pas préservé !

C'est abominable, ça, jeune homme... et j'espère que vous allez renoncer...

FERNEY.

A celle... que je ne veux pas nommer !.. Jamais !

COLOMBEL, à part.

Il n'a pas même le mérite du repentir !

FERNEY.

Cet amour durera autant que ma vie !.. J'aime cette femme avec délire !.. et celui qui tenterait de me l'enlever... oh !.. celui-là, fût-ce même le mari, je le tuerais, Monsieur !

COLOMBEL.

manquerait plus que cela !

FERNEY, à part.

J'espère que le voilà complétement rassuré sur le compte de sa femme.

COLOMBEL.

Monsieur... je ne puis tolérer... que dans ma maison... et, pendant le séjour de mes amis... je vous défends de mettre les pieds chez moi.

FERNEY.

Vous me chassez ?

COLOMBEL.

Je ne vous chasse pas... je vous défends seulement de mettre les pieds chez moi.

FERNEY.

Je le regrette...

COLOMBEL.

Et moi aussi.

FERNEY.

Mais, malgré votre défense, j'y viendrai.

COLOMBEL.

Par exemple ! ceci est le comble de l'audace !..

FERNEY.

Je vous ai dit que je braverais tout... même votre fureur.

COLOMBEL.

Eh bien ! Monsieur, puisque vous me poussez à bout, apprenez que j'ai un moyen... un moyen sûr de me débarrasser de vous !.. Ce moyen, il est là !.. (Il montre son portefeuille et dit à part.) Son congé !.. (Haut.) Je ne vous retiens pas davantage.

ENSEMBLE.

Air de M. Couder.

COLOMBEL.

Dans cette folle aventure
Persistez ; je le permets :
Car j'ai de quoi, je vous jure,
Mettre obstacle à vos projets.

FERNEY.

Dans cet amour, je le jure,
Je persiste, et je promets,
Qu'aucune mésaventure
Ne troublera mes projets.

FERNEY, vivement.

Mais, quant au mari, silence !
Pas un mot !

COLOMBEL, brusquement.

Vous savez bien
Qu'en pareille circonstance
On ne leur dit jamais rien !

REPRISE.

(Ferney sort.)

SCÈNE IX.

COLOMBEL, puis EMMA.

COLOMBEL.

Ah ! jeune homme, vous êtes endurci dans le vice ?.. Mais je vous tiens !.. Ce congé, que j'ai obtenu pour vous du ministre, je peux le déchirer, si ça me plaît... je peux vous obliger à partir pour Vienne, si bon me semble... Je vous tiens, jeune homme !

EMMA, rentrant, dans une grande agitation, à part.

Il n'était pas aux Jardins-Monceaux !.. Il y a là-dessous quelque trahison, que je découvrirai !

COLOMBEL, apercevant Emma.

Déjà de retour?.. Est-ce que tu n'es plus souffrante?

EMMA.

Non, je me sens mieux... (Avec ironie.) Cette promenade m'a fait beaucoup de bien.

COLOMBEL.

A la bonne heure!.. voilà comment j'aime à te voir... J'aime à contempler ce frais visage, où respire le calme, le bonheur... Cela fait contraste...

EMMA, brusquement.

Avec quoi?.. avec qui?

COLOMBEL, d'une voix sombre.

Avec le visage des femmes qui trompent leurs maris!

EMMA, troublée.

Que voulez-vous dire?

COLOMBEL, d'un ton mystérieux.

Que je connais maintenant une de ces femmes-là!

EMMA.

Ah!

COLOMBEL.

Et, quand je te dirai son nom...

EMMA, avec impatience.

Je vous répondrai que c'est quelque nouvelle calomnie.

COLOMBEL.

Oh! je sais que tu es toujours prête à défendre la réputation des femmes... Malheureusement, j'ai des preuves... Apprends donc que, pendant ton absence, il s'est passé ici des événements... révolutionnaires!

EMMA.

Ici?

COLOMBEL.

Sais-tu qui j'ai surpris, caché dans le pavillon du jardin?.. Non?.. Eh bien... monsieur Louis Ferney!

EMMA, à part.

Ciel!

COLOMBEL.

Forcé de s'expliquer, il m'a avoué qu'il était amoureux fou... de qui?.. de ton amie, madame Desrieux!

EMMA, à part.

Oh!.. pour me sauver!

COLOMBEL *.

J'en doutais d'abord... car enfin, cette amie, arrivée hier... qu'il n'a pas vue...

EMMA, vivement.

Il la connaissait déjà sans doute?

COLOMBEL.

C'est ce qu'il m'a dit.

* Emma, Colombel.

EMMA.

Ah! il vous a dit qu'il la connaissait déjà?

COLOMBEL.

Oui... Il a même ajouté que ce voyage, dont il nous a fait un mystère... et qui a duré quinze jours...

EMMA.

Eh bien?

COLOMBEL.

Eh bien! il ne l'a entrepris que pour aller la voir.

EMMA.

En êtes-vous bien sûr?

COLOMBEL.

A moins que monsieur Ferney n'ait le don de deviner que ton amie habite un château... dans les environs d'Avranches... au milieu des bois... car il a rédigé l'état des lieux avec une exactitude d'architecte.

EMMA.

Vous avez raison, Monsieur... (A part.) Il me trompait! (Haut.) Oh! c'est affreux! (Elle s'assied à gauche.)

COLOMBEL, s'asseyant près d'elle.

Calme toi... Ton imprudente amie n'a encore fait qu'un pas dans la carrière du crime... j'ai compté sur toi pour l'arrêter.

EMMA.

Sur moi?

COLOMBEL.

Oui... Si monsieur Ferney est décidé à tout... car il est très-entreprenant, ce jeune homme... tu dois, toi, éclairer la jeune femme sur les dangers qu'elle court...

EMMA, d'un ton concentré.

Oui.

COLOMBEL.

Il faut lui faire un tableau effrayant des ravages que causent les passions!..

EMMA.

Oui.

COLOMBEL.

Oh! je sais que ce ne sera pas facile pour toi... tu es si heureuse!.. mais tu as tant d'imagination!.. (Il se lève et remonte.)

EMMA.

Oui, comptez sur moi... (A part.) Oh! je me vengerai! (Elle se lève.)

COLOMBEL.

Tiens! j'aperçois madame Desrieux dans le jardin.

EMMA, vivement, en remontant.

Comment! elle n'est pas sortie avec son mari?

COLOMBEL *.

Puisqu'elle attendait l'autre!.. elle aura prétexté un malaise,

* Colombel, Emma.

une migraine... Les femmes ont toujours une migraine de rechange à leur disposition.

EMMA, regardant.

C'est cela même!... Elle rôde autour du pavillon!

COLOMBEL.

Oui, pauvre petite femme... il paraît qu'elle l'aime aussi.

EMMA, à part, en descendant.

Et on me donnait rendez-vous dans les Jardins-Monceaux... pour m'éloigner d'ici!

COLOMBEL.

Ah! elle s'impatiente d'attendre... Elle vient de ce côté.

EMMA.

C'est bien, laissez-nous... je vais lui parler.

COLOMBEL.

Sois pathétique, Emma!.. du pathétique tant que tu pourras, ma bonne!.. Je me sauve! (Il va pour sortir et rencontre Hélène qui entre; saluant.) Madame... (A part.) Voyons comment ma femme s'en tirera. (Il se cache derrière les draperies de la porte à gauche.)

EMMA, allant avec colère vers Hélène.

Venez, Madame!.. (Elle aperçoit son mari, qui lui fait signe qu'il est là et qui l'engage à commencer l'attaque. — A part.) Il reste!.. obligée de me contraindre encore!.. oh!

SCÈNE X.

COLOMBEL, caché; HÉLÈNE, EMMA.

HÉLÈNE, étonnée.

Madame?

EMMA, se contraignant.

Pardon... mon amie, ma chère amie!..

HÉLÈNE.

A la bonne heure!

EMMA.

Tu as donc renoncé à sortir avec ton mari?

HÉLÈNE.

Oui... ta maladie m'a gagnée, j'ai une migraine affreuse...

COLOMBEL, à part.

Qu'est-ce que je disais!.. Je la voyais venir, la migraine.

EMMA, avec doute.

Ah! tu as... C'est un mal horrible, n'est-ce pas?.. surtout quand ce mal en cache un autre, qu'on ne peut avouer... (Montrant son cœur.) qui est là!

COLOMBEL, à part.

Bien!.. elle entre en scène!

HÉLÈNE.

Tu as raison, Emma. (A part.) Pauvre amie! elle souffre... (Haut.) Mais nous sommes seules... nous pouvons le dire entre nous : ce mal, que l'on cache... ce mal qui est là... a bien aussi charme.

COLOMBEL, à part, indigné.

Elle trouve du charme à tromper son mari!.. (Par réflexion.) Au fait, s'il n'y en avait pas...

EMMA, s'oubliant et se parlant à elle-même.

Oui, Hélène... mais un charme qui tue!

COLOMBEL, à part.

Bravo!

HÉLÈNE.

N'importe, ce doit être beau de mourir de cette mort-là!

COLOMBEL, à part.

Décidément, cette femme là est un petit monstre!

EMMA.

Mais tu ne sais donc pas à quoi s'expose la femme qui oublie ses devoirs!.. Tu ne sais donc pas que pour elle il n'y a que des jours de malheur... des nuits d'insomnie!...

COLOMBEL, à part.

Où diable va-t-elle chercher tout cela?

HÉLÈNE.

Oui... mais le bonheur d'être aimée... le bonheur d'aimer... tu les comptes donc pour rien, Emma?

EMMA.

Et les angoisses, les terreurs, les larmes que l'on verse nuit et jour... tu les comptes donc aussi pour rien, Hélène?

COLOMBEL, à part.

C'est Cornélien!

HÉLÈNE.

Oh! cependant, ce doit être bon de pleurer!... Quand je pense que mon mari ne m'a pas fait pleurer une seule fois depuis notre mariage!

EMMA.

Mais le châtiment ne se fait pas attendre!.. Vous avez trompé votre mari, votre amant vous trompe à son tour!..

COLOMBEL, à part.

Ah! voilà! voilà!..

EMMA.

A vous les tortures d'une jalousie d'autant plus cruelle, qu'il faut l'étouffer dans son cœur!.. On ne peut éclater, lors même qu'on se trouve en présence de sa rivale!...

COLOMBEL, à part.

C'est Hermione!

EMMA.

Parce qu'un mari est là...

COLOMBEL, à part.

Bon! me voilà fourré là-dedans maintenant!

EMMA, continuant.

Est là.. qui vous écoute!..

COLOMBEL, à part.

La voilà lancée!.. je peux retourner à mon feu d'artifice.

EMMA.

Parce qu'un seul mot prononcé devant lui pourrait vous perdre!..

COLOMBEL, à part, en sortant.

Bravo, Ristori!

HÉLÈNE, apercevant Colombel qui s'en va.

Ciel!.. M. Colombel était là!

SCÈNE XI.

HÉLÈNE, EMMA.

EMMA, se levant tout à coup.

Mais, quand il n'est plus là, ce mari, Madame!..

HÉLÈNE.

Encore, Madame?

EMMA.

Alors, on dit hautement, et à qui vous comprend bien : oui, j'ai été trompée!..

HÉLÈNE.

Ah! mon Dieu! Emma, tu m'épouvantes!

EMMA.

J'ai été trompée!.. pour une inconnue?.. Non... pour une amie, qui s'en vient traîtreusement chez moi... sous des airs ingénus... me parler de sa vie paisible comme le ruisseau limpide qui borde sa prairie...

HÉLÈNE.

Je te jure, Emma...

EMMA.

Ne jurez pas!.. je sais que M. Louis Ferney vous aime!

HÉLÈNE.

M. Louis Ferney?.. Je ne le connais pas.

EMMA.

Ah! vraiment?.. Il arrive d'Avranches... il y a passé quinze jours, dans votre château... au milieu des bois... où vous ne voyiez personne, disiez-vous... personne que lui, sans doute, quand votre mari était absent, n'est-ce pas?

HÉLÈNE.

C'est une calomnie!

EMMA.

M. Ferney nous a tout dit!.. Surpris ici, dans le pavillon du jardin, où il vous avait sans doute donné rendez-vous, il a tout avoué!

HÉLÈNE.

A moi?.. un rendez-vous?.. mais ce M. Ferney se trompe!.. On n'accuse pas ainsi une pauvre femme...

EMMA.

Oui... une pauvre femme sans cœur, n'est-ce pas?.. Ah! vous trouvez du charme aux pleurs et aux tourments!.. Vous serez satisfaite... vous saurez bientôt ce que c'est qu'une femme qui se venge !

HÉLÈNE.

Emma!.. Emma!

EMMA, sortant par la gauche.

Je vous défends de me suivre!

SCÈNE XII.

HÉLÈNE, seule.

Se venger!.. de quoi?.. de qui?.. Mais, ce jeune homme, je ne le connais seulement pas... je ne l'ai jamais vu... et me voilà compromise!.. Et mon mari!.. Dieu!.. S'il apprend... J'aurai beau lui dire que cela n'est pas, il ne me croira jamais... Les femmes qui trompent leurs maris disent aussi que cela n'est pas... et cela est!

Air : *J'en guette un petit de mon âge.*

Mais c'est affreux!.. Que dois-je faire?
(Tout à coup.)
Quel souvenir!.. Il semble que je sois
Sur la balançoire où naguère
J'eus tant peur la première fois!..
Personne ici, mon Dieu, pour me défendre!
Ah! mon cœur bat, je me sens entraîner!
Ma tête commence à tourner...
Et je voudrais déjà descendre!
Ah! j'ai trop peur, je veux descendre!

(Elle essuie une larme.) Oh! ce M. Louis Ferney, je le déteste!.. oui, je le dét... Au fait, pourquoi?... parce qu'il m'aime?.. Je ne l'aime pas, moi... cela suffit, c'est tout ce qu'il faut... C'est étrange: j'ai peur, et pourtant, cette vengeance dont je suis menacée... ces larmes que je viens de répandre... ont produit dans mon cœur une sensation qui m'était inconnue... oui, je sens que j'ai du plaisir à vivre, parce que j'ai un chagrin, une émotion dans la vie!.. (Apercevant Desrieux.) Mon mari!.. Comment lui cacher mon trouble, mon embarras?.. Ah! ce journal!... (Elle prend vivement un journal sur la table, s'assied près du guéridon, et paraît absorbée dans sa lecture lorsque Desrieux entre.)

SCÈNE XIII.

HÉLÈNE, DESRIEUX.

DESRIEUX, à part.

Ma femme est encore plongée dans une de ses lectures favorites... C'est à Paris comme à Avranches : elle dévore le feuilleton avec le même appétit. (S'appuyant sur le dos du fauteuil d'Hélène et lisant sur le journal qu'elle tient.) « Je vous aime, Madame!.. »

HÉLÈNE.

Ah! c'est toi!.. tu m'as fait peur!

DESRIEUX, riant.

Vraiment?

HÉLÈNE, à part.

Il ne sait rien!

DESRIEUX.

J'allais continuer, avec toi, la lecture de ton feuilleton.

HÉLÈNE.

Oui, pour te moquer de moi... comme toujours.

DESRIEUX.

Moi?.. j'ai le plus grand respect pour la littérature périodique. (Il prend le journal et lit.) « Je vous aime, Madame, s'écria Edgar de Mareuil, dans le paroxysme de la passion... » (S'interrompant.) Au fait, ce Monsieur devait s'appeler Edgar.

HÉLÈNE.

Cela vaut mieux que de s'appeler Nicolas, comme toi.

DESRIEUX.

C'est vrai... Mais, à qui la faute?.. à mon parrain... (Lisant.) « Dans le paroxysme de la passion... Oui, je vous aime, répéta Edgar, en tombant aux genoux de Juanita...» (S'interrompant.) Tu conviendras, à ton tour, qu'il est heureux pour cette dame d'avoir eu pour marraine une Juanita : car, sans ce nom de Juanita, point d'Edgar, point de paroxysme de passion... C'est clair.

HÉLÈNE.

Vous avez une manière de lire les romans!..

DESRIEUX.

Je coupe par des réflexions... ça repose. (Lisant.) « En tombant aux genoux de Juanita. — Oh! je sais ce que vous allez me dire, reprit Edgar : — C'est la première fois que vous me voyez!.. Eh bien! non, Madame, depuis longtemps je vous admire en silence... Depuis longtemps je vous aime sans oser vous le dire... Caché sous le feuillage épais de votre parc, que de fois je vous ai vue, vous mirant dans les eaux limpides du ruisseau!.. »

HÉLÈNE.

C'est singulier!

DESRIEUX.

Il est fort indiscret, ce Monsieur-là... car, enfin, si Juanita avait eu la fantaisie de se baigner...

HÉLÈNE, se levant.

Continue.

DESRIEUX.

Ça l'intéresse... (Lisant.) « Que de fois je vous ai vue vous promenant dans les allées les plus sombres de votre parc, absorbée dans la lecture d'un roman, où vous retrouviez toutes vos émotions jusqu'alors incomprises!.. » (S'interrompant.) Il paraît que Juanita aime la lecture des romans... comme toi.

HÉLÈNE.

Cela prouve que je ne suis pas la seule.

DESRIEUX.

Pardon... un roman ne prouve jamais rien. (Lisant.) « Que de fois j'ai vu le livre tomber de vos mains!.. Vous restiez triste et pensive alors... et moi, j'étais heureux : car vous rêviez l'amour inconnu à deux pas de l'amant ignoré! »

HÉLÈNE, à elle-même.

Cette situation est étrange!.. Si M. Louis Ferney!...

DESRIEUX.

« Que de fois je vous ai vue, le soir, à votre fenêtre, au moment de vous coucher!... » ((S'interrompant.) Décidément il est trop indiscret, ce Monsieur... (Lisant.) « arranger une à une les boucles de vos blonds cheveux, et... » La suite à demain!... C'est égal, c'est dommage, je suis vraiment désolé d'être obligé de laisser là ce monsieur Edgar, caché, toute la nuit, dans le feuillage... Il est vrai que, quand on se nomme Edgar, on n'a jamais froid.

HÉLÈNE.

Tenez, Monsieur... vous êtes l'homme le plus prosaïque que je connaisse.

DESRIEUX.

Que veux-tu!.. Quand on s'appelle Nicolas, on doit s'estimer heureux de faire tout au plus un bon mari.

HÉLÈNE, s'éloignant.

Oui... un bon mari... voilà tout.

DESRIEUX.

Où vas-tu donc?

HÉLÈNE.

Air de M. Couder.

Mais, pour ce soir, il faut que je m'apprête:
(Souriant.)
Du feuilleton l'intérêt palpitant,
M'a fait longtemps oublier ma toilette,
Et du dîner voici bientôt l'instant.

DESRIEUX.

Bon! à quoi sert, quand on est si jolie?
Qu'est la parure auprès de tant d'appas?..
Ce n'est pas mal! hein, dis donc, chère amie,
Pour un mari du nom de Nicolas!

REPRISE.

(Il sort.)

SCÈNE XIV.

DESRIEUX, puis FERNEY.

DESRIEUX, seul.

Ah! quel dommage que ma femme... Bah! ça ne m'empêche pas de l'aimer, de l'adorer...

FERNEY, au fond.

J'ai vu sortir M. Colombel par la petite porte du jardin... Ma foi, je me risque... (Apercevant Desrieux.) Quelqu'un !.. (Ils se saluent, puis se regardent.)

DESRIEUX.

Eh! mais, je ne me trompe pas!... Louis Ferney!... c'est lui!.. c'est toi!.. c'est vous!.. Est-ce toi ou vous?

FERNEY.

Toi!.. toujours toi, mon cher Desrieux! comme autrefois à l'École de Droit!.. Par quel hasard?..

DESRIEUX.

Dis plutôt par quel caprice, mon ami... car je suis marié...

FERNEY.

Vraiment?

DESRIEUX, achevant.

Et c'est un caprice de ma femme qui m'a fait quitter ma province et m'a amené à Paris... avec elle... Oh! nous sommes inséparables... C'est un trésor! un ange!

FERNEY.

Un ange... qui a des caprices cependant.

DESRIEUX.

Oh! qui est-ce qui n'a pas ses petits défauts?.. Elle pourrait en avoir plusieurs, et elle n'en a qu'un!

FERNEY.

Un seul!.. c'est plus grave.

DESRIEUX.

Tu n'es pas marié?

FERNEY.

Non... Dieu merci!

DESRIEUX.

Alors, je puis te conter cela, sans crainte que tu le répètes à ta femme, qui le redirait à la mienne.

FERNEY.

Ah! c'est ainsi que cela se pratique chez vous autres?

DESRIEUX.

Invariablement... Voici le fait : madame Desrieux est un trésor, un ange...

FERNEY.

Tu me l'as déjà dit.

DESRIEUX.

Je ne saurais trop te le répéter, mais...

FERNEY.

Mais?

DESRIEUX.

Elle a une petite tête romanesque, qui se monte facilement au récit des grandes aventures... à la lecture des romans... de la Gazette des Tribunaux... Elle m'aime, j'en suis sûr... d'un petit amour bourgeois, vulgaire, dont je me contente fort bien, mais qui ne suffit pas à son imagination exaltée.

FERNEY.

Eh bien ! que veux-tu faire à cela?

DESRIEUX.

Je ne sais... Si tu pouvais me donner un conseil...

FERNEY.

Je n'en ai qu'un à te donner... Laisse faire le temps.

DESRIEUX.

Il est certain que, lorsque ma femme aura soixante-cinq ans, sa tête commencera à se calmer... Mais, d'ici-là?

FERNEY.

D'ici-là, défends-toi comme tu le pourras.

DESRIEUX.

Tu n'as pas d'autre moyen à me proposer ?

FERNEY.

Dame ! tu me prends à l'improviste... je chercherai... En attendant, tu me permettras d'aller te voir et de faire connaissance avec madame Desrieux.

DESRIEUX.

Comment donc ! j'y compte bien.

FERNEY.

Ton adresse ?

DESRIEUX.

Ici... chez Colombel... depuis hier.

FERNEY, vivement.

Hein ! comment ?.. la dame arrivée hier dans cet hôtel...

DESRIEUX.

C'est madame Desrieux.

FERNEY.

Vous venez d'Avranches?

DESRIEUX.

C'est-à-dire, des environs.

FERNEY.

Vous habitez un château?

DESRIEUX.

Au milieu des bois.

FERNEY.

C'est bien cela !.. Ah ! mon pauvre ami, qu'ai-je fait !

DESRIEUX.

Oui, qu'as-tu fait?

FERNEY.

J'ai compromis ta femme, sans le vouloir et sans la connaître !

DESRIEUX.

Ma femme ?

FERNEY.

Ma foi, confidence pour confidence !.. Ah ! mais, j'y pense !.. ce que je vais te dire, tu pourrais le répéter à ta femme, qui le redirait...

DESRIEUX.

A la tienne ?.. Tu n'en as pas.

FERNEY.

C'est juste... Eh bien ! mon ami, apprends donc que tout à l'heure, au moment d'être surpris par un mari... que je ne nomme pas... parce qu'il ne faut compromettre personne...

DESRIEUX.

Dans cette maison ?

FERNEY.

Dans cette maison.

DESRIEUX, lui serrant la main.

Tu fais bien de ne pas le nommer.

FERNEY.

J'ai dit... que j'aimais ta femme, et que c'était pour elle que j'étais venu !

DESRIEUX.

Tu as dit ?..

FERNEY.

Je t'en demande mille fois pardon, mon pauvre ami... Mais je ne savais pas...

DESRIEUX.

Tu as dit que tu aimais ma femme ?.. et que c'était pour elle...

FERNEY.

Que j'étais venu : mon Dieu, oui !

DESRIEUX, se frappant le front.

Voilà mon affaire !

FERNEY.

J'ai même ajouté qu'aucun obstacle ne m'arrêterait !..

DESRIEUX.

Bravo !

FERNEY.

Que je me moquais du mari !..

DESRIEUX.

Parfait !

FERNEY.

Et que je le tuerais au besoin !

DESRIEUX.

Mais ça me va, mon ami, ça me va !

FERNEY.

Comment! ça te va?

DESRIEUX.

Sans doute!.. Ce moyen que nous cherchions.... le voilà trouvé!

FERNEY.

J'ai trouvé quelque chose?

DESRIEUX.

Tu aimes ma femme, et elle est déjà compromise... très-bien!.. Tu ne connais pas d'obstacles... excellent!.. Tu te moques de moi... je t'en remercie!.. Tu veux me tuer au besoin... ça me fait plaisir!.. Tu es l'homme de la situation... tu es le héros, tu es l'Edgar que je cherchais pour ma femme!.. Elle va venir... à l'œuvre!

FERNEY.

Quoi! tu exiges...

DESRIEUX.

Que tu sois amoureux d'Hélène (retiens bien le nom)... Oh! mais, amoureux de la vieille école, genre Antony... Nous ne sommes pas plus avancés que cela à Avranches... Sois échevelé, menace de me tuer, de te tuer, de tuer tout le monde... avec ta vieille dague de Tolède... quoique les dagues de Tolède soient bien rouillées... mais, en province, on s'en sert encore... Je compte sur toi, n'est-ce pas?

FERNEY.

Y songes-tu?.. Faire la cour à une femme que je ne connais pas... que je n'ai jamais vue!..

DESRIEUX.

Bah! il te viendra quelque bonne inspiration... ou plutôt, tiens!.. Ce journal contient un feuilleton qui résume admirablement la situation... cela t'économisera les frais d'éloquence.

FERNEY.

Comment?

DESRIEUX.

Ton rôle est tout tracé : tu n'as qu'à lire à partir de : « Je vous aime, Madame... »

FERNEY.

Tu es fou, et je ne consentirai jamais...

DESRIEUX.

Prends garde! je connais ton secret... mon devoir serait de prévenir Colombel, et, si tu refuses...

FERNEY.

Allons! puisque tu m'y forces... Dis donc, mais ton feuilleton ne finit pas... il y a une suite.

DESRIEUX.

Parbleu! mon ami, la suite à demain, si nous ne réussissons pas aujourd'hui... Mais je crois entendre!.. Oui!.. c'est elle!

Air du *Notaire à marier.*

Pour moi, mon cher, va, pas d'égard!
(A part.)
Ne le perdons pas du regard!
(Haut.)
L'air furieux et l'œil hagard,
Sois son héros! sois son Edgar!

FERNEY.

Pour toi, mon cher, non, pas d'égard!
Je brave même ton regard!
L'air furieux et l'œil hagard,
Je jure ici d'être un Edgar!

(Desrieux sort à droite.)

SCÈNE XV.

HÉLÈNE, FERNEY.

FERNEY, seul.

Il se cache!.. Les voilà bien!.. ils s'exposent au danger, mais ils ont une peur atroce! (Regardant du côté par lequel Hélène doit entrer.) Ah! mais, c'est qu'elle est très-jolie, sa femme!

HÉLÈNE.

Pardon, Monsieur... je croyais trouver mon mari ici.

FERNEY, après avoir salué.

Il y était, en effet, il n'y a qu'un instant, Madame, mais il vient de sortir.

HÉLÈNE.

Ah! vous connaissez mon mari, Monsieur?

FERNEY.

Oui, Madame, je l'ai vu à Avranches... plusieurs fois, par hasard.

HÉLÈNE.

Par hasard?

FERNEY.

Oui, Madame, par hasard... car ce n'est pas lui que je cherchais... lorsque mes rêveries me conduisaient dans la solitude, au milieu des bois...

HÉLÈNE, à part.

Que signifie?

FERNEY, à part.

Il faut bien un prologue. (Haut.) Dans un site enchanteur... au milieu duquel était un château... habité par une femme!..

HÉLÈNE, s'éloignant.

Pardon, Monsieur; mais monsieur Desrieux m'attend...

FERNEY.

Oh! non, Madame, vous m'entendrez!.. c'est trop longtemps renfermer dans mon cœur un secret qui me tue!.. (A part.) Voilà une phrase qui a du service!

HÉLÈNE.

Je ne vous comprends pas, Monsieur.

FERNEY, à part.

Fin du prologue, en avant le feuilleton! (Lisant à la dérobée, en tenant le journal derrière Emma.) Je vous aime, Madame!..

HÉLÈNE.

Monsieur!..

FERNEY, de même.

Oui, je vous aime!.. Oh! je sais ce que vous allez me dire : C'est la première fois que vous me voyez!.. Eh bien! non, Madame!.. depuis longtemps je vous admire en silence!.. depuis longtemps je vous aime, Hélène!.. (A part.) Je change un peu le texte.

HÉLÈNE, effrayée.

Moi, Monsieur?

FERNEY.

Oh! oui, vous! (Lisant.) « Caché sous le feuillage épais de votre parc, que de fois je vous ai vue, vous mirant dans les eaux limpides du ruisseau, ou vous promenant dans les allées les plus sombres de votre parc!.. » (A part.) J'en saute. (Haut.) « Vous étiez triste et pensive... et moi j'étais heureux : car...» (Il tourne le feuillet.)

HÉLÈNE.

C'est singulier!.. ce langage!.. il me semble reconnaître...

FERNEY *.

Vous ne répondez pas, Madame?.. (A part.) Passons à l'épilogue. (Haut.) « Oh! si vous saviez tout ce que j'ai souffert... tout ce que je souffre encore! »

HÉLÈNE, à part.

Si c'était?.. (Haut.) Permettez, Monsieur, je ne vous connais pas... je crains de vous connaître!

FERNEY.

Oh! il est impossible que mes lettres ne soient pas parvenues jusqu'à vous!..

HÉLÈNE.

Vous m'avez écrit?

FERNEY.

Souvent! (A part.) Jamais de la vie! (Haut.) Il est impossible que l'écho ne vous ait pas murmuré mon nom!..

* Ferney, Hélène.

HÉLÈNE, avec effroi.

Oh! ne me le dites pas, votre nom, Monsieur!... je ne veux pas le savoir!...

FERNEY, après un geste de soumission.

Louis Ferney, Madame.

HÉLÈNE.

Louis Ferney!.. il est donc vrai?

FERNEY.

Oh! tout ce qu'on a pu vous dire de mon amour est vrai, Madame... oui, tout!.. excepté cela, tout est mensonge et calomnie... Je vous aime, Hélène!.. oh! oui, je vous aime! (A part.) Ça va tout seul maintenant.

HÉLÈNE.

Monsieur!.. je ne puis écouter un pareil langage... et, si mon mari vous entendait!..

FERNEY.

Votre mari!... oh! Madame, ne prononcez jamais ce nom devant moi!

HÉLÈNE.

Par exemple!

FERNEY.

Dites plutôt le tyran dont vous êtes l'esclave!.. dites plutôt l'homme que je hais!... que je méprise! (A part.) Je t'arrange, mon bon. (Haut.) L'homme dont le nom seul m'inspire des idées de vengeance et de mort!

HÉLÈNE.

Mon pauvre mari!.. le tuer!

FERNEY.

Ah! mais, oui!

HÉLÈNE.

Je vous le défends!

FERNEY.

Eh bien! Hélène, permettez-moi de vous voir, de vous répéter que je vous aime... A cette condition...

HÉLÈNE *.

Jamais, Monsieur!

FERNEY.

En ce cas, que tout le sang répandu retombe sur votre tête!

HÉLÈNE.

Du sang?

FERNEY.

Oh! oui!.. ma mort ou la sienne!

HÉLÈNE, à part.

Sa... Ah! mon Dieu! (Elle tombe sans force dans un fauteuil.)

* Hélène, Ferney.

FERNEY.

Revenez à vous, Madame !.. (Comme s'il entendait du bruit.) Quelqu'un !.. (A part.) La suite à demain !

HÉLÈNE, se relevant.

Quelqu'un, dites-vous?.. Si on vous surprenait seul... ici... avec moi!..

FERNEY.

Votre mari?... je l'attends !

HÉLÈNE, regardant au fond.

Emma !

FERNEY.

Ah ! diable ! je me sauve !

HÉLÈNE.

Par ici !

FERNEY.

Il n'est plus temps !

HÉLÈNE.

Ah ! dans ce cabinet !.. (Elle pousse vivement la porte de gauche sur lui, puis un cri lui échappe.) Ah ! mon Dieu !.. je lui ai peut-être écrasé les doigts !..

SCÈNE XVI.

HÉLÈNE, EMMA.

EMMA.

On ne m'avait pas trompée !

HÉLÈNE.

Emma ! (Elle se jette devant la porte du cabinet.)

EMMA.

Monsieur Ferney est là !

HÉLÈNE.

Non !

EMMA, ouvrant la porte du cabinet.

Sortez, Monsieur ! (Au moment où Ferney paraît à la porte du cabinet, Colombel et Desrieux paraissent, le premier à la porte du fond, le deuxième à celle de droite.)

HÉLÈNE.

M. Colombel !.. (Elle va tomber dans un fauteuil à droite.)

EMMA.

M. Desrieux !

HÉLÈNE, à part.

Et moi qui demandais des émotions !.. Ah ! mais, en voilà trop, en voilà trop !

SCÈNE XVII.

LES MÊMES, COLOMBEL, DESRIEUX, FERNEY.

COLOMBEL*.

Eh bien?.. que se passe-t-il donc?

HÉLÈNE, se jetant dans les bras de Desrieux.

Mon ami!

DESRIEUX, feignant l'étonnement.

Que signifie?

EMMA, éclatant.

M. Louis Ferney était caché... ici!.. et je l'ai surpris...

FERNEY, à Emma, bas.

Si vous dites un mot de plus, nous sommes perdus!

COLOMBEL, de même.

Maladroite!.. devant le mari! (Elle s'assied près du guéridon.)

DESRIEUX.

Un jeune homme?.. caché ici?

COLOMBEL, à part.

La position est embarrassante. (A Desrieux, avec aplomb.) Eh bien! après?.. cela vous étonne?.. On voit bien que, vous autres gens de province, vous n'êtes pas habitués à ces choses-là.

DESRIEUX, regardant Ferney.

Nous autres gens de province, quand on attaque notre honneur, nous le défendons l'épée à la main, Monsieur!

HÉLÈNE, à part.

Ciel! il va le provoquer! (Haut.) Mon ami!..

DESRIEUX.

Laissez-moi! (S'approchant gravement de Ferney.) Monsieur!.. (Bas, prenant la main de Ferney tout en conservant un air menaçant.) Merci, mon ami!

COLOMBEL**, se plaçant entre eux, à part.

Allons!.. un dévouement héroïque! (Haut, à Desrieux.) Permettez, Monsieur, chacun traite ses affaires à sa manière... Si vous étiez l'offensé, je vous laisserais faire... Mais, comme c'est une affaire qui me regarde...

EMMA, à part, se levant.

Que dit-il?

COLOMBEL.

Je vous demande la permission de la terminer comme je l'entends.

FERNEY, à part.

Je tombe de Charybde en Sylla***!

* Ferney, Emma, Colombel, Desrieux, Hélène.
** Ferney, Desrieux, Colombel, Hélène.
*** Ferney, Colombel, Emma, Desrieux, Hélène.

COLOMBEL, à Ferney, d'un ton dégagé.

Eh bien! jeune homme... vous faites donc la cour à ma femme?

EMMA, effrayée.

Monsieur!

COLOMBEL, bas à Emma.

Je sauve ton amie! (Haut, à Ferney.) Je le savais, Monsieur... Vous espériez me tromper, mais ma femme m'a tout dit...

FERNEY, à part.

Je n'y comprends plus rien.

COLOMBEL, continuant.

Au lieu de vous provoquer l'épée à la main... comme certaines gens de province... je riais, avec elle, des peines inutiles que vous preniez.

DESRIEUX, étouffant un éclat de rire.

C'est délicieux!

COLOMBEL.

Aujourd'hui, si j'ai un conseil à vous donner, c'est d'aller chercher fortune ailleurs. (A Desrieux.) Voilà, Monsieur, voilà comment on se venge à Paris! (Bas à Emma.) Il est complétement tranquillisé.

DESRIEUX.

Chacun traite ses affaires à sa manière. (Prenant Hélène à part et bas.) Que dis-tu de la mienne?

HÉLÈNE, le regardant, étonnée.

Comment?

DESRIEUX, lui serrant la main.

Ah! tu as voulu encore monter sur la balançoire?.. Crois-moi, mon enfant, il est dans la vie d'une femme, d'une mère, assez d'émotions, d'anxiétés,.. Voilà les véritables drames de la vie, pour lesquels il faut réserver toutes les forces de son cœur.

HÉLÈNE, haut.

Mon ami!.. retournons ce soir même à Avranches, veux-tu?

DESRIEUX.

Tu sais bien que je suis toujours à tes ordres.

COLOMBEL, à part.

Que ses grands bois lui soient légers! (Il remonte.)

EMMA.

Oh! après un pareil scandale, je ne dois pas le revoir*!.. (Bas à Colombel.) Mais, mon ami, monsieur Louis Ferney...

COLOMBEL, à part, montrant Desrieux et Hélène.

Ils s'en vont, il n'y a plus de danger.

EMMA.

Crois-moi, donne-lui son congé.

* Ferney, Emma, Colombel, Desrieux, Hélène.

COLOMBEL.

Comment! son congé?.. (Tout à coup.) Ah! oui... au fait, tu as raison... je l'avais oublié. (Tirant un papier de sa poche.) Monsieur, voici votre congé.

EMMA, bas, en saisissant le papier.

Plaît-il?.. que faites-vous donc?

COLOMBEL, de même.

Tu me dis de lui donner son congé, je le lui donne... (A Ferney. Voici votre congé, que j'ai obtenu aujourd'hui du ministre... Vous nous restez. (Il s'éloigne.)

EMMA, déchirant le congé, et à demi-voix, à Ferney.

Partez, Monsieur ! (On entend une détonation.)

DESRIEUX.

Qu'est-ce que c'est que ça?

COLOMBEL, au fond.

L'anniversaire de notre mariage! grand feu d'artifice !

FIN.

LAGNY. — Imprimerie de VIALAT.

www.ingramcontent.com/pod-product-compliance
Ingram Content Group UK Ltd.
Pitfield, Milton Keynes, MK11 3LW, UK
UKHW020417220726
13923UKWH00005B/2003

9 782019 279134